歌集

笛吹ぶどう園

横山越子

本阿弥書店

歌集　笛吹ぶどう園＊目次

I

装幀　小川邦恵

歌集　笛吹ぶどう園

横山越子

I

正論を説く

幼子に正論を説く次男なりわが若き日の一途さに似て

叱られてうつむく男の子に手をやれば小さき背中に汗にじみおり

梅雨晴れの空に誘われ目覚めしかぽわんぽわんと合歓の花咲く

このスープ何のダシかと息子問う夫には一度も問われざること

ずぶ濡れで息を切らして帰りくる息子哀しも七夕の夜

母のパジャマ捨てられなくて着てみれば鏡の中に母はおりたり

鉄線の似合う通りと思えども薔薇咲き誇る谷中路地裏

友の子は根津のはずれに嫁ぎたりここら辺りか老舗のシャツ屋

パリの立雛

柔らかき和紙に包まれ立雛はわれと眠りてパリに着きたり

居心地の悪きか二体の立雛はパリ十六区の暖炉の上に

飲んで寝てふっくら笑ってまた眠るおみなご五か月健やかであれ

スーパーの出口に座るホームレスパリの人らは今日も声掛く

アパートの通りの奥の闇に見しエッフェル塔の優しき光

一歳半で妹を持つ不思議さと二つの言葉でゆれる男の孫

さよならはこんなに切ない走り来てわれ追う一歳シャルル・ド・ゴール空港

幼日

天草《てんぐさ》をつかんで海面に息すれば夏の青空広がっていた

天気図に見ること少なき小さき島明日は吹雪かうぶすな能登島

山姥《やまんば》に追われて必死に走りたり稲穂ざわめく暗きあぜ道

連れられて街に出る日の楽しみは白百合食堂卵とじうどん

祭りの前に履いてはいかんと叱られき父買いくれし赤き緒の下駄

養鶏の父の手伝い幼日の卵の温もりまだ手のひらに

金茶の法衣

公職を追われて父の十年は養鶏、 測量なりわい多し

退職の父に安らぎの時のきて梅咲く里へ移住をしたり

若き日の得度《とくど》ふたたび生かされて霊園専属僧侶なる父

寺の出を誇りに生きし父なれば上げるお経の高らかなりき

裏山に幽かに響く経の声　父の自慢の姓は幽経

葬儀には能登の実家の住職の読経たのむと父の遺言

遺されし金茶の法衣で数珠入れを縫いて喪の日は父と一緒に

ただ一つ父に習いし「重誓偈《じゅうせいげ》」命日彼岸にわが上げる経

アーミッシュの髭

アメリカに文明を拒否して暮らすアーミッシュ村を訪ねて

牧草地の先をゆっくり馬車が行く黒装束のアーミッシュ一族

顎髭は剃ることなくて長ながし一生分の重きあごひげ

観光用のバギーに乗ればわが髪もアーミッシュの髭も風にふかれる

農作業終えて帰りし少年の日焼けの顔に光るそばかす

スマホ持つわれらが集うレストラン土の香りのじゃがいも甘し

青く澄む瞳がわれを見つめてる少女よ日本という国もある
アーミッシュに生まれて少女は蚕豆のさやに守られ育つがごとし

ムーンウォーク

並走の電車にみれば亡き君がムーンウォークして離れて行けり

腕細き吾子でありしよ鍛えたるマッチョな筋肉われに触らす

わたしだけ逆方向へ急いでたざらりと覚める明け方の夢

一直線にホールに向かう白き球ギャラリーの眼もコトリと落ちた

シャッター街にリサイクルショップと鍼灸院ひっそりとあり赤羽団地

使い捨てとう言葉はさびし一日をあたためくれしカイロを捨てる

（生きてゆくのに値する世）と思いおり小学生に席を譲られ

納棺までを家族で守る向かい家の屋根を見下ろす赤き眉月

在宅介護

メタセコイアまっすぐ伸びる並木道　在宅介護を決めた冬の日

医師、看護師、ヘルパーさんも日替わりに来て六畳の母を看てゆく

六畳にバスタブの来て温かし四本の手は母を抱えて

湯上りの真白き母の髪を梳く湯気まだ残る西日射す部屋

午前二時必ず覚めて立ち上がる薄灯りの中の体位交換

関節を動かすリハビリ　看護師の妹は細やかに母を看てゆく

クモ膜下に倒れて母は要介護五となりわれにほほ笑むばかり

胃ろう持つ母にはじめて食べさせる茶碗蒸しするり喉を通れり

惣菜は家族と同じ一つずつとろみをつける母の夕食

リハビリも訪問看護もなき午後は寝ころびて見る窓越しの空

煩悩のなき母にせし深きハグ健やかならばなさざりしこと

母の霧ときに晴れたりコスモスの色に目醒めて「きれい」と言いき

三泊のショートステイに母預けおしゃれして行く銀座のランチ

車椅子の母に白粥食べさせる夫の膝まで冬の陽伸びて

デイケアに出掛ける朝の初雪に母は小さく「雪…」と言いたり

七年間伏せいる母は男の孫の「ただいま」の声に大きく笑う

はくもくれん

病室に母は静かに眠るのみ　床頭台に置くクリスマスブーケ

パステルカラーの花に囲まれたらちねの母は逝きたり淡雪の日に

夕されば遺骨を前に経読みぬ母が浄土に安らぐ日まで

いっせいに咲きしはくれん仰ぎ見しベッドの母の笑顔忘れず

秋彼岸

霊園のいつもの道に曼珠沙華燃えいてここは彼岸への道

亡き父が教えてくれし「重誓偈《じゅうせいげ》」墓前にわが経静かに響く

墓参り一人もよろししみじみと父母祖母《ちちはは》と同じ風聴く

経読めば遠くに母の唱和聞く墓前に揺れるコスモスの束

蜻蛉きて墓石にふれてまた離る七日遅れの秋彼岸かな

レシピを残せ

森一つ壊されわが住むニュータウン隣りてトトロの森は鎮もる

トトロの森に幼と来れば立て板にアニメのトトロが迎えくれたり

「となりのトトロ」の舞台となりし里山にクヌギの落ち葉を鳴らして歩く

トトロの森に積まれし落ち葉の山見れば「トトロは冬眠？」幼問いたり

宮崎駿もボランティアの人も集いたりトトロの森にゴミを拾う日

母の短歌《うた》誰も読まぬよそれよりはレシピを残せと二人子の言う

肉好きの息子おらねばブリ大根こっくりと煮てたっぷりと食む

三人子《みたりご》を慈しむ息子の妻みればわが子育てを少し悔いたり

台風の過ぎて雲間にターナーの空あらわれて眺むわが街

リヤカーの山からこぼれた缶ひとつ戻すホームレスバスより見おり

亡き母の庭より移しし水仙の一度も咲かずまた冬がくる

自由はあるか

夕暮れの重きビル群モスクワにふいに見え来るユニクロの赤

映像にいくたび見しか旅に来て赤の広場に深く息せり

カラフルなダウンコートでたわむれる子供らの声処刑跡地に

「ロシアには何でもあります」ガイドの言えば自由もあるかと聞く人いたり

マトリョーシカはずらりと並び売られいて里親さがすごとく目を開く

プーチンに似た人四人見かけたりエリツィンもいて空港ロビー

雪原を銀色に射す満月を機窓に見ていたモスクワの空

柿色の座席

地下鉄の三番出口の明るさに吸い込まれゆく歌舞伎座入り口

柿色の座席に着けば緞帳の夕顔の白ふんわり優し

菊五郎の白塗りの指細くして〈仮名手本忠臣蔵〉判官切腹の場

定式幕引かれてわれに戻りたり家臣の無念まだ身に残る

音もなく橅の黄葉ふる池に緋鯉動かず冬に入りゆく

五位鷺

みちのくの宿に覚めればまな先にブルーグレーの五位鷺の群れ

五位鷺の飛び立たんとするその時を撮りたき夫にタイミング来ず

池の餌を鋭くねらう夜行鳥ごあっごあっと夜通し鳴けり

宿に聴く津軽三味線激しくて五位鷺の声消されていたり

醍醐天皇に名を賜りし五位鷺は鋭き眼で平成を飛ぶ

春光は若葉を抜けてわれに射す雪解け水の走る奥入瀬

笛吹ぶどう園

退職の夫と仲間の葡萄園　笛吹市長も見学に来る

無農薬葡萄に虫も鳥も来てバッタもあそぶ〈笛吹ぶどう園〉

葡萄の房にパラフィン紙の傘かけゆけば葡萄畑が風に踊るよ

まだ青き葡萄の房は傘の中やさしき雨音きいて熟せよ

炎天の甲府盆地に草刈れば麦わら帽子がゆがんで見える

甲府盆地の青き葡萄の香のついた夫の作業着なつ空に干す

さあ今日は幼と一緒にぶどう狩り日焼けの夫の輝きており

左手にずしりと恵みの重さ受けシャインマスカットに鋏を入れる

完熟のピオーネ・シャインマスカットつまみぐいして箱に詰めゆく

育てたるシャインマスカット配る朝この日の夫は近所のヒーロー

甲府盆地の強き陽浴びたピオーネを明け暮れ食みて糖度濃きわれ

百舌の声高鳴き聞こえて葡萄棚に〈早贄《はやにえ》〉のバッタぽつぽつ刺され

葡萄畑にライ麦撒いて春を待つ実れば有機肥料となる麦

瓶詰の朝

十五本の鋏の音が鳴り渡るワイン用ブドウ収穫の日

軽トラに房、 房、 房の横たわり六百キロがワインの旅へ

大小の手持て皮ごと潰しゆけば大きタンクに葡萄色《えびいろ》光る

木製のワインプレス機苦し気に白く濁った果汁はき出す

発酵を促す酵母を入れ終えて熟成を待つ静かな時間

冠雪の南アルプス輝けり笛吹ワイン瓶詰めの朝

コンベアに空瓶〈気をつけ〉の姿勢して洗浄、充塡、打栓されゆく

詰められたワインの瓶の鈍き音ひびけばワイナリーに歓びつもる

試飲後に「今年はいいね」と誰か言い千五百本にラベル貼りゆく

葡萄を育てワインを造る夫となり十年の月日濃さ増してゆく

桃のおばあちゃん

跡継ぎのいない桃畑に下草の生えておばあちゃんの憂い深まる

笛吹農園に楽しみが来たおばあちゃんから譲り受けたる桃の木五本

花が咲き実が成り紅みゆく桃を赤子のように世話する夫よ

リビングに桃百五十個おかれたり嬉しいうれしい収穫の日

「わあー」と言う歓声もらうご近所に大きな桃を手渡す喜び

〈おばあちゃんの桃〉は甘くてジューシーで片手にずしりと大きな桃です

桃のおばあちゃんは今年の春に逝きました美味しい桃をみんなに残し

II

市民マラソン

つぎつぎに枯れ葉まきあげスタートす八千人の市民マラソン

先導が過ぎれば道路いっぱいに続くランナーサンタも走る

伴走者と一緒に走るランナーに高く響かすファイトの声を

声上げて応援したいが歯医者さんマスクの顔しか知らないのです

五年前ランナーなりしわが夫若かったなと遠き目をする

留学を決めて完走めざす次男固き冬芽の下走り行く

迂回路は右へ右へと記されて知らない街へ連れて行かれる

車両規制解かれて八千人の息の跡バスに揺られて歌会に行く

夏へ踏み出せ

立ち上がり手をたたいては尻をつく　夏へ踏み出せもうすぐ一歳

つぎつぎに五月の空を凹ませて大道芸人白球上げる

真っ白な素肌を見せてスーパーに恥ずかしそうなウルイが並ぶ

お風呂のお湯ぬいてしまってごめんねと湯上りの八歳　エイプリルフール

水槽の底に動かぬ貝のよう雨の夜半にひっそり眠る

不可解な魔女の一撃われにきてぎっくり腰に身動きできない

段取りをきみに伝えてまた臥せる厨に切る音ガスつける音

手のひらに床の冷たさ伝いくるほふく前進トイレまで行く

四日目を臥して聞く雨降りやまぬ晴れたら一気にシーツを干そう

夕べの葉桜

「たぶん一生娶らないよ」と言う吾子に夕べの葉桜ざわりと揺れる

噛み合わせ微妙にずれる夫とわれこし餡と言えばつぶ餡と言う

挨拶をすれば返す子返さぬ子恥じらう季節の中学生は

立ち話止まない女子の帰り道曲がり角には夕陽が溜まる

「よかったら付き合ってくださいって言おうかな」男子中学生恋の談義す

中間テストあしたで終わりと聞こえ来て住宅街に充つるはつなつ

産まれくる赤子待つよう隣室に月下美人が今宵咲きます

国勢調査の人と一緒に玄関に「こんばんはー」とスーパームーン

うなずけど不安かかえて聞いているギガだガソだとスマホ売る店

集合場所に迷いておれば雑踏に太陽みたいな友の顔見ゆ

ひんやりとコンクリートに跡つけて師走のねぐらを探すマイマイ

〈マジソン郡の橋〉観たよと言えば訝しむ息子に母とは曇りなきもの

手をつなぎ〈くるみ割り人形〉観に行けりわが持たざりしおみな児温し

沖縄の海

海軍兵の叔父でありしよ二人児を残して宮古島の海に果てたり

沖縄の海に沈みし叔父なれば珊瑚に杭打つ音聞こえるか

今ならば征きたくないと言えるのか　平和の礎に刻まれし叔父

沖縄を深く知らずに碧い海青い空だけ見ていた若き日

樋から雨が噴き出すように止まらない安保法案可決の怒り

ノートには母の日常にぎやかなり〈柿をもらって饅頭返す〉

真鍮の匙

亡き父が戦地で使いし真鍮の匙持て今朝もコーヒー量る

復員は三年遅れの父なりき出迎えの姉に「怖い」と言われて

戦地蒙古の大天の川語るとき父は穏やかな目をしていたり

父の声大きかりけり戦地での習いと聞けばわれ好まざりき

収容所《ラーゲル》に友の凍死体置きしまま作業に行く歌　父のノートに

盆来れば長きお経を上げし父位牌に　〈蒙古戦病死者の霊〉

遠き祭り

場内にドローン禁止と書かれいて川越祭りは月が眺める

戦闘も衝突もなき〈曳っかわせ〉山車が出会えばおかめの手踊り

宵山に提灯ゆれて笛の音父と見し遠き祭り連れくる

路地裏にスーパーボールを売る少女バイバイの幼に小さく手をふる

誰か吹くリコーダーの音〈里の秋〉小さな公園秋深くなる

亡き父の代わりに〈遠藤〉応援す出身地穴水は父のふるさと

森澄雄先生

わが苗字〈幽経〉に父を問いくれし森澄雄先生高一の春

「加藤楸邨にお父さんのこと聞いてるよ」森先生は静かに言いき

社会科の授業穏しき森先生俳人なるをわれ知らざりき

わが父の戦地を訪いし軍記者の加藤楸邨の天の川の句

漆黒の戦地の夜の天の川　楸邨先生とともに見た父

草原の大き天の川忘れずと晩酌のたび父は言いたり

父とともに楸邨先生訪いし日よ条幅に書きくれし天の川の句

まるみある加藤楸邨の書あたたかし押し入れに眠る父の遺品よ

忘れられゆく

人も暮らしも消えて更地に薄日さす忘れられゆくいつかわたしも

みかん・きんかん明るく灯る如月に〈暗殺〉の文字地球を奔る

ざわざわと春の不安がわいてくるメジロ五十羽白梅に見て

道の駅に黄の水仙とさくら買う墓前に春を伝えに行かん

水鳥のいない今年の狭山湖は誰も住まない生家にも似て

植木鉢かぱっと開ければつやつやの蚯蚓が春の光にもがく

遠く見る狭山丘陵の芽吹きなり抹茶シェイクの泡立ち初めて

間に合わず発車したバス見送れば今日の満足からっぽとなる

数字にゆれて

生駒山雨にけぶれり入院の姉に会いに行くあのふもとまで

病院のピンクのパジャマに笑む姉は介護されし日の穏やかな母

年齢、番地少し違えて言う姉は数字にゆれて今を生き居る

暗証番号言えなくたって大丈夫きれい、うれしいの心があれば

色のなき病室に花はオアシスとならんに禁止と書かれていたり

護憲を強く願う姉なり受話器にて説く輝きをまた聞きたしよ

病室へ戻る姉の背見送れば長き廊下に小さく手をふる

いびつなローファー

長雨のあとは憂鬱吐き出さん湿った靴を風にあてたり

見本にもならんよ夫の外反母趾いびつなローファー並びて哀し

温もりが足をすっぽり包み込む今も生きてる母のパンプス

夕陽背に部活を終えたコーラス部員垣根の下をハモりつつゆく

「お先に」とひとり抜け出し帰るとき背中に淡くよぎる空しさ

縁談のご用はないかと電話ありなくもなけれど「ない」と応える

がむしゃらに都会に働く子よここに青葉いっぱいのふるさとがある

どっかりと胡坐のなかに揺られゆく納豆汁も父も遠き日

平和が大事

秘めごとのあるかのように靴音をおさえて帰る新月の夜

帰省ラッシュの人に紛れて通夜に行く今朝逝きし姉の影を抱えて

校庭に児らとの時間楽しかりしや遺影は青きジャージで笑めり

宙に漂う訃報は未読のラインなりスイスに住む姪母の死しらず

三日前逝きし姉から届きたり絵手紙賀状　姉は生きてる

葉ぼたんの茎太ぶとと絵手紙に「平和が大事」と姉の遺言

しっとりと姉の遺品の温かし「石川啄木研究」黄ばむ卒論

啄木に若き日の貧しさ重ねたか父職なくて苦学せる姉

亡き姉をさらりと話すわれなれど問われて言えば湿りくる声

含み笑い

咲きかけの白木蓮の含み笑いバスを逃して戻り来しわれに

「ほぼほぼ」とリポーター言う美容師言う私のどこかが傾ぐ春です

幼子に席をゆずるか迷う間をラムネが一個落ちてころがる

北条政子も祈願したとう〈安産杉〉に長く手を当てる若き夫婦は

はがす音ビスを打つ音止める音「新築そっくりさん」は春を響かす

ニュータウンと言うも恥ずかし住むわれも通りの桜も古びて静か

やわらかな乙女の心のような襞きずつけず春のキャベツをはがす

家に居る母

「家に居る母になりたい」先生に問われて言った中三の春

友には必ず迎えてくれる母が居てモンブランふわり出してくれたり

看護師の母の帰りの遅い日はお米を研いで父と待ちいき

水瓶に映る葉影をゆらしつつ目高寄りくるはつなつの朝

鼻先がふわっと動き玄関に友切りくれしベルガモットの花

冬瓜の煮物のさみしさ癒すよう銀餡の上のオクラとベーコン

いつもここから乗ってきたよねバス停に亡き友の顔また思い出す

新宿を歩く私ははぐれ鳥トトロの森の端からきたり

光の庭へ

馬場先生のねずみの歌の温かければ記さん若き日のねずみ騒動

押し入れに潜むねずみの暗闇を思えば眠れぬ夜の明けたり

喉がかわいて明るい方へ出るというねずみの駆除薬赤いつぶつぶ

ほーいほい明るいほうへ逃げて行け段ボールで作ったねずみの逃げ道

茶こし持て小麦粉まいて待ったのは確かに逃げたねずみの足跡

からからと逃げしねずみか乱れたる足跡は春の光の庭へ

ねずみはねずみの家に帰ろう残業の夫はこの日も深夜の帰宅

夢ごと食みて

古希すぎて二度目の職を得し夫を待つわれ二度目の伸びやかなとき

安楽死伝える夕べの映像にディープインパクトの潤む眼哀し

編み物は楽しからんや地下通路にせっせと針を動かすホームレス

海原に群れて泳いだ青魚の夢ごと食みてわが身濃くなる

つや肌をむかれ刻まれしぼられてめでたからずや紅白なます

今少し先の世しずかに見ていたい有頭海老は伸ばさず茹でる

皺少し入れて仕上げる丹波の黒豆噛むほど大地の深き味する

移民キャラバン

口角を上げて笑わんことあるか中国報道官の不機嫌な顔

こんなにも持って行くのかわれの旅　移民キャラバンはリュックひとつで

群生は元気をくれる翔び出だす鳥のかたちにカタクリの花

ペアカップ片方割れればいつの間に奥へ奥へと置かれるかたほう

つよく強くけってわれから離れ行くスライダーの四歳明日へ向かって

優勝の選手にもらい泣きする夫を横目にわれは見ないふりする

センサーが白き光を開くたびストレンジャーとなる冬の帰り道

おじいちゃんの椅子

無人なる生家の居間に入りたれば寝そべる守宮が動き出したり

大き座卓を見下ろすように飾られた父母の写真に温き陽入れる

瑞宝章の賞状壁に掲げられ亡父の戦争まだここにある

売られゆく生家の座卓に集いたり「今日でお別れ」それぞれ胸に

父に似た四角い顔を数えてはみんなで笑う父母あらぬ居間

母が作った〈少女の粘土人形〉を里子のように姉が連れ行く

珍味だと勧める姉にたじろげり幼虫そのもの黒き〈蜂の子〉

「おじいちゃんの椅子だったよね」ふたり子は交互に座り凹み確かむ

弱り行く命の背中に西日さし父の両耳あかく透きたり

生はまだ終わらないはず自分史のあとがき書かず父は逝きたり

回り始める

いつもと同じひと日なれどもぽつぽつと心を留める姉の命日

幼き頃をわが知る青年こもる部屋夕暮れ時にぼんやり灯る

無農薬のキャベツは平和だったよね夕べのシンクに青虫もがく

財なさぬ義父にかすかな希望ありき押し入れに残る空くじの束

文字盤の黄ばんだオメガのねじ巻けば回り始める義父《ちち》の時間は

都庁前に自分の居場所を掃くホームレス以前の暮らしの続きのように

古希となり最後と決めたクラス会雑踏に「またね」と言わず手を振る

スキップして〈くもん〉に通う近所の児この先人生長いよガンバレ

Ⅲ

小花模様のマスク

感染隔離ほっとしたよと息子の知人ＳＮＳにいきさつあげて

「枝豆をみんなで素手で食べましたみんなつぎつぎ陽性でした」

若き日の木綿のワンピースこんな柄小花模様のマスクをかける

人間は何と哀しい目に見えぬウイルス運んで人に渡して

集まるな寄るな触るなコロナ禍に公園のブランコ縛られている

ぐるりんと透明シートに囲われて水槽に働く市民課職員

突き出されドスンと転がり落ちる音殺風景な大阪場所は

あんなにも大きく若い力士さえコロナウイルスに負けたる無念

志村けんもきっと言ってる「ありがとう」医療従事者へと開く花火に

「自粛せよ」都知事に疲れの見えるころ春雷ながく轟き止まず

夏帽子の園児

つり革も手すりも触らず目的地　ゲームのような外出おわる

街中に園バスの朝もどりたり夏帽子の児らみなマスクして

コロナ禍に非正規の息子想うとき裡にさざ波また立ち始む

感染者ぐわんと増えて梅雨明けす　先の見えない夏が始まる

コロナ禍に次男家族がやってきたジシュクジシュクと蟬の鳴く中

距離保ちマスクすべしと思いいいしが幼を見れば忘れてしまう

モンステラの葉

色あせて文字が滲んで泣いている迷い猫モモを探す貼り紙

巾着田に群生かなしき曼珠沙華コロナ禍につぼみ全部刈られて

近ごろは夫のお経もそれらしくだみ声となり義母《はは》の命日

入院をさせてと次男が抱えくるモンステラの葉はぐったりとして

ぽっちりと固い緑の芽が出たよ瀕死のモンステラ踏ん張ってるよ

墓参り終えてまたねと帰るとき軽やかになる背中のあたり

こんな感じ

アマゾンからゴム長靴が届きたり雪積もる片品村へ行く子の

都会から脱出すると言う息子「星がめちゃめちゃきれいなとこだよ」

グーグルマップに見れば広がる尾瀬戸倉　息子の借家はあの赤い屋根

生活を丸ごと四駆に積み込んで二往復して行ってしまえり

息子住む群馬の北の天気予報つい見てしまう明日は雪らし

「こんな感じ」とラインの写真は白いだけ移住の息子は日々雪をかく

宿る哀しみ

買い替えの思案ながびく如月に〈眼鏡市場〉からくる割引クーポン

お隣りの青き枇杷の実あおぎ見るその奥に長くこもる青年

ニュータウンに宿る哀しみ日没を共に眺めてみんな老いたり

娶らぬ子こもる子学校嫌がる子　わが家の窓から見える社会よ

「彼女が」と息子が言うときわが胸は花が咲くよう夕餉の卓に

スモークツリーがさわさわ揺れる遠距離の恋の行方を問わずにおれば

階段の途中にふいと立ち止まる二階の用事を海馬に問いて

（あっ密）と思ってしまう再放送のドラマに宴の乾杯観れば

カロートの開けられ義父母の骨壺は冬の陽あびて義姉を迎える

独り鍋を相棒とする息子らし野菜の高値を言いて帰りぬ

東京2020

〈お・も・て・な・し〉するはずだった　ギスギスと不安ばかりの東京2020

〈CoCo壱番〉のカレーが一番好きと言う来日三回インドの選手

玉葱を炒めていためて琥珀まで夏野菜カレーの序章は暑い

バブルの中に選手とじ込め銀ブラ中バッハ会長ピースなどして

目高六匹飼い始めれば覗き込みまた覗き込み今日も暮れたり

スイと来てスイと離れる親しさは孫にも似ている目高六匹

友に添い友の夫の墓参する線香もつ手に傘さしかけて

息子の婚つたえる友の肩すがし墓前に大きく笑う白百合

冬の玄関

銀色に鈍く光って松葉杖二本が傾く冬の玄関

包帯をぐるぐる巻いて片脚が木乃伊《みいら》のような息子帰省す

「食べるばかりで申し訳ない」と卓に付くその気持ちだけでよいのだ母は

三週間こもって帰った子の部屋に脚型のギプス残されており

「かりん」読み短歌を詠んで人を見て医師に呼ばれるまでの六時間

まっすぐに目を見て話す若き医師ふいと視線をそらしてしまう

ＢＧＭのミスチルもっと聴きたいよバネ指手術はわずか十五分

包帯の白が眩しい帰路の辺に福寿草五輪ぱっちりとして

少女の顔に〈COLD・HELP〉の太き文字　野宿の難民にまた夜がくる

華やかな生花背にしてキャスターが伝える野宿の難民のこと

出来るよ何でも

「達成しよう」息子と女孫は八時間歩いてけろりと我が家に来たり

多摩湖が見えて元気が出たと十五歳　八時間歩けば出来るよ何でも

夕暮れの空に広がるうろこ雲マスクの群れに思えてきたり

「星」の短歌《うた》ラジオで聴いた日行く手にはきりりと明るき宵の明星

痩せサンマしばし眺めてその横の太ったアジを二匹買いたり

そのたびに出会うれしさ天婦羅の敷紙に使う母のお懐紙

明るさの戻らぬままに秋は来て玄関先に植えるシクラメン

狭山茶の店先に待つコーギー犬夕暮れ色にまぎれてしまう

ミモザの咲くところまで

角を曲がって緑道へ行く晴れた日の今日はミモザの咲くところまで

新しき切株あまた緑道におがくず撫でる風がさまよう

よそゆきの顔して座る八歳にフレンチの前菜置かれる春の日

歩み来し婚五十年のストーリー胸に仕舞って受ける花束

目の前の海で捕れたと鰤、蛸、栄螺、宿の舟盛りに立つ大漁旗

遊んだ浜も走った路地もそこにある六十年ぶりのふるさと能登島

その意味を分からず周りで遊びしよ忠魂碑にいま黙禱をする

さわさわと青田広がるその先のわれだけに見える幼日の家

黄ばんだ葉書

かっちりと父の字さらさら母の文字黄ばんだ葉書に父母が居る

母方の四人が集まる〈従妹会〉身裡に同じ蛍火灯る

豆乳鍋の豆腐をつるりと掬い上げいとこ同士の記憶を繋ぐ

「ごはんもう絶対残さない」十六歳に刺さった「ラーゲリより愛を込めて」

捕虜となりし父は当時を語らざりき映画に知りて酷きシベリア

〈平和が大事〉と亡き姉からの絵手紙よまた戦争が起きてしまった

柚子の樹となる

花柚子を刻んで刻んでジャム作りボールにふんわり光がつもる

三キロを刻めば香りの身に沁みて厨に一本の柚子の樹となる

寒中見舞いは大き柚子の絵選びたり　夫を亡くした友に香れよ

束ね置く本から抜かれる東野圭吾　高二の女孫にはじまるミステリー

藻の下にもぐって静かに春を待つ冬の目高のように蟄居す

青空に鳩の飛び立つ清しさかみんなでマスクを外す日くれば

解説　ぶどう園に吹くやわらかな風

米川千嘉子

『笛吹ぶどう園』には三つの大きな読みどころがある。まず一つ目が次のような母の介護の歌だ。

メタセコイアまっすぐ伸びる並木道　在宅介護を決めた冬の日
医師、看護師、ヘルパーさんも日替わりに来て六畳の母を看てゆく
六畳にバスタブの来て温かし四本の手は母を抱えて
湯上りの真白き母の髪を梳く湯気まだ残る西日射す部屋
惣菜は家族と同じ一つずつとろみをつける母の夕食
リハビリも訪問介護もなき午後は寝ころびて見る窓越しの空
煩悩のなき母にせし深きハグ健やかならばなさざりしこと

車椅子の母に白粥食べさせる夫の膝まで冬の陽伸びて
七年間伏せいる母は男の孫の「ただいま」の声に大きく笑う
ノートには母の日常にぎやかなり〈柿をもらって饅頭返す〉

横山越子さんは優しい笑顔がじつに印象的な人だ。同時に、なかなかの意志の人でもある。一首目のように、くも膜下出血で倒れて要介護五になった母を自宅へ引き取ることを決意。夫の理解を得て、当時まだそれほど広がっていなかった介護保険制度を利用しつつ、七年間懸命に介護をした。

一首目のようにきっぱりとした決意で始まる介護の日々だが、現実にはさまざまな困難もあったに違いない。しかし、介護を詠んだ作品に重苦しさや厳しさが強調されることはなく、しばしば母の部屋に差し込む光や家の温かさが感じられるのはそうありふれたことではないと思う。すでにそれが過去となった時点から回想されていることと無関係ではないが、それだけではないだろう。夫や子供がいる家の六畳を母の居室として母に関わる人が入れ替わり訪れるが、夜中の体位交換も、胃瘻から再び経口食が可能になった母への食事の準備も作者が担っていたはずだ。しかし、たとえば母の入浴の場面で作者がうたうのは、そこに差し出される四本の手であり、気持ちよさそうな母を包んで部屋に満ちる湯気と西日である。病に伏しながら母は七年の孫の成長を見て笑ったが、孫たちもまた祖母や両親の姿から何かを得ただろう。母が元気だったら気恥ずかしくてできなかったハグもした。七年の日々から得たそんな深い納得が、横山さんの介護の歌を性格づけているものに違いない。母亡きのち、そのノートを見る十首目の「柿」と「饅頭」も楽しい。

こうした五十代の介護の日々が終わったころ、横山さんは朝日カルチャーセンターに来られた。喪失感を埋めようとし、また新しい生活に踏み出す勢いをつけようとされたはずだ。そして、その時期を大きな区切りと感じたのは作者ばかりではなかった。

無農薬葡萄に虫も鳥も来てバッタもあそぶ〈笛吹ぶどう園〉
甲府盆地の青き葡萄の香のついた夫の作業着なつ空に干す
葡萄の房にパラフィン紙の傘かけゆけば葡萄畑が風に踊るよ

育てたるシャインマスカット配る朝この日の夫は近所のヒーロー
甲府盆地の強き陽浴びたピオーネを明け暮れ食みて糖度濃きわれ
葡萄畑にライ麦撒いて春を待つ実れば有機肥料となる麦
十五本の鋏の音が鳴り渡るワイン用ブドウ収穫の日
冠雪の南アルプス輝けり笛吹ワイン瓶詰めの朝
試飲後に「今年はいいね」と誰か言い千五百本にラベル貼りゆく

一冊のタイトルにもなった「笛吹ぶどう園」の作品は、夫と、そして作者の現在を生き生きと映して歌集のハイライトになるものだ。仕事の節目も迎えていた夫は、山梨県笛吹市で無農薬ぶどう園を営む友人を手伝うようになり、ワイン造りを任されるようになった。

母の介護の歌もそうだったように、作者の場面の捉え方はいつも素直で自然で力むところがない。人柄をそのまま反映するように、風通しがよく明るい。作者の資質とぶどう園の美しい四季はよく合って、読者もその豊かな色彩や風をのびのびと楽しむことができる。夫の作業着に染み込んだ「青き葡萄の香」、葡萄の房に掛けられたパラフィンが揺れてそこに風の通り道が見える。「葡萄畑が風に踊るよ」という表現も鮮やかだ。有機栽培では土づくりのための緑肥としてライ麦の種を蒔き、育ったのを刈ってそのまま土に混ぜるのだという。場面を描くにあたって作者がことさら色を強調したり、形容詞で飾ったりすることはない。平易に語られた情景がおのずと運んでくる色彩や香りがある。そして、そうした自然の情景の中にはたいてい人が動いていて、人同士、あるいは自然と人が交流する気配がある。収穫した葡萄を近所に配って「近所のヒーロー」になる夫の嬉しげな顔、ぶどう園に「十五本の鋏の音が鳴り渡る」というのも冴えて魅力的だ。ワインの瓶詰め作業の音、「今年はいいね」という満足の声。人のいる場面の声や物音が空間を明るく立体的に広げてゆく心地よさが、横山さんの歌の大きな魅力だと思う。その自然さを作者の自意識は妨げない。

天草《てんぐさ》をつかんで海面に息すれば夏の青空広がっていた
天気図に見ること少なき小さき島明日は吹雪かうぶすな能登島

公職を追われて父の十年は養鶏、測量なりわい多し
裏山に幽かに響く経の声　父の自慢の姓は幽経
亡き父が戦地で使いし真鍮の匙持て今朝もコーヒー量る
収容所《ラーゲル》に友の凍死体置きしまま作業に行く歌　父のノートに
盆来れば長きお経を上げし父位牌に〈蒙古戦病死者の霊〉
わが苗字〈幽経〉に父を問いくれし森澄雄先生高一の春
わが父の戦地を訪いし軍記者の加藤楸邨の天の川の句
漆黒の戦地の夜の天の川　楸邨先生とともに見た父
さわさわと青田広がるその先のわれだけに見える幼日の家

そして歌集のもう一つの読みどころは、幼い日を過ごしたふるさと、石川県七尾市能登島と波瀾の戦中、戦後を送った父の人生のエピソードである。

お寺の次男として生まれた父は大学で僧侶の資格を得るも、職業軍人の道を選んだ。敗戦でシベリアの収容所に送られ、三年後に帰国。公職追放となって能登島では養鶏

ほかさまざまな仕事に従事された。父が安定した仕事を得て、家族で島を離れるのは作者が十歳を過ぎてのことだった。

横山さんの旧姓は「幽経」。じつに珍しい名前だが、都立高校の生徒だった幽経越子さんの名前に目を留めたのは、社会科の教師だった俳人の森澄雄だった。その師・加藤楸邨が大本営報道部嘱託として中国大陸を巡ったのは一九四四年。その時の紀行文と句を集めた『沙漠の鶴』が知られている。森先生は作者に、師・楸邨をゴビ砂漠行に誘ったという幽経《ゆうけい》虎嵓《こがん》少佐との関わりを直感したのである。後日、森先生に伴われて横山さんと父は楸邨を訪ねる。楸邨は「天の川鷹は飼はれて眠りをり」の条幅を書いてくれた。その顚末がここに詠まれているもので、父は楸邨とともに内モンゴル百霊廟で天の川を見た感動を横山さんに何度も語ったという。一方で、戦争そのものを語ることはあまりなかった。そういう中でも、父の「真鍮の匙」に現代の安らかな光を当てるような五首目、収容所の厳しさを端的に伝える六首目が忘れがたい。七首目なども父の戦後の時間の重さを思わせるものだ。横山さんの叔父も戦争で亡くなっており、歌集では幾度も平和について思い返されている。

当時もその後も、横山さんが戦中の父や楸邨との関わりに特別の関心を払うことはなかったらしい。しかし、当時中国に楸邨と同行した土屋文明を研究されている雁部貞夫氏が『『韮菁集』をたどる——大陸の文明と楸邨』（青磁社）等で横山さんの父について調査しておられるのなども大変興味深い。雁部氏は著作で、資料を引きつつ、終戦前後の混乱の中、内モンゴルの邦人のために「身を挺して活動した」特務機関長幽経氏を「快男子」として紹介している。手元に残された父の自伝とともに、歴史や文芸の舞台の登場人物としての父を娘としてあらためて辿り詠んでゆくのは、作者の今後の宿題であり、楽しみでもあるのではないか。

そして、歌集のゲラを読み直している途中に能登半島地震が起こった。大きな衝撃をもってふるさとを見つめた作者だと思うが、これを契機にふるさととの出会い直しもあるのかもしれない。「われだけに見える幼日の家」はまだつぶさには語られていないのだ。

幼子に正論を説く次男なりわが若き日の一途さに似て

スーパーの出口に座るホームレスパリの人らは今日も声掛く

並走の電車にみれば亡き君がムーンウォークして離れて行けり

「たぶん一生娶らないよ」と言う吾子に夕べの葉桜ざわりと揺れる

お隣りの青き枇杷の実あおぎ見るその奥に長くこもる青年

ニュータウンに宿る哀しみ日没を共に眺めてみんな老いたり

間に合わず発車したバス見送れば今日の満足からっぽとなる

狭山茶の店先に待つコーギー犬夕暮れ色にまぎれてしまう

沖縄の海に沈みし叔父なれば珊瑚に杭打つ音聞こえるか

そのほか、歌集には家族や日常のなかで関わる人々への思いが詠まれた作が多い。二人の息子やその家族の成長を見守る歌も、自身の価値観を押しつけるようなところがなく、やわらかな距離をもって見つめている。三首目は並走する列車の中に亡くなった友人を見かけたような一瞬の錯覚だが、列車の速度の違いがもたらす「ムーンウォーク」の不思議さが思いがけず死者に出会う時の哀しみをリアルに伝えて印象深い。五首目では、近所ゆえその幼時も知る青年が引きこもっているという部屋を見上げる。横山さんの日常には特別の事件は起こらず、幸せで心優しい気配が満ちているが、それでも人々がじつにさまざまな思いを、しばしば哀しみや寂しさを抱えて生きていることを作者は深いところで感受している。それがこの歌集の風通しのよい優しさの底につねにあるものだ。その信頼感のゆえに、さまざまな対象へのさらなる肉薄も期待したいと思う。

あとがき

母の在宅介護を終えて漫然と暮らしていた頃に短歌と出会いました。新宿の朝日カルチャーに「短歌入門」の講座を見つけ、講師がＮＨＫ短歌で拝見していた米川千嘉子先生でしたので、すぐに入会しました。その後「歌林の会」にも入会させていただきました。

短歌を始めてしばらくして先生から「介護の連作を作ってみたら」と言っていただきました。一つのテーマで一首作るのもやっとだった私に、連作など想像もできないことでした。それでも続けているうちに、この歌集に母の介護の連作を載せることが出来たことは私の大きな喜びです。

母は八六歳の時に突然クモ膜下出血に倒れ、一年間の病院での闘病のあと私の自宅で要介護5の在宅介護を受けました。一瞬で逝くのが願いと口癖のように言っておりましたが、人の終わり方は願い通りにはいきません。クモ膜下出血の後遺症で一切の煩悩が亡くなり、寝たきりの七年間でしたが、穏やかな本能が残ったのか静かに微笑みを浮かべて過ごす母に、救われる思いがいたしました。在宅介護にねぎらいのお言葉をたくさんいただきましたが、大変さより喜びの方が大きかったと思っています。母を静かに看る環境にあったことに感謝しております。二人の姉、妹、弟とその家族には側面から支えてもらいました。特に看護師をしていた妹は、母の介護に一生懸命で何かとアドバイスをしてくれました。そして何より母のことを第一優先に考えてくれた夫には今でも感謝しております。

穏やかだった日常はコロナの蔓延で大きく制限され、先の見えない不安の中で過ごしました。三年以上たってようやく以前のように外出もできるようになりましたが、依然として完全収束とは言えない状況です。後半はコロナ禍以降の歌をまとめました。読み返してみると何とも不自由な暮らしが甦ってきます。

パンデミックとなったコロナ禍の不安が薄れかけてきた今、世界は大きな悲しみと怒りに直面しております。恐ろしい戦争が起こり、いまだに終結の目途が立っておりません。一日も早く平和な世界になることを願わずにいられません。

短歌を始めたころ読んだ本に「短歌を詠めば人生は倍楽しくなる」と書かれていました。そして始めてから十三年近く経ってみると、倍以上に私の人生は豊かになったと思っています。これといった趣味も取り柄もない私でしたが、短歌に出会って、難しさの中にも歌を作る喜びと読んでいただける喜びを感じております。歌を通して様々なことを学び、人の心の豊かさに感動しております。さらに「かりん」の素晴らしい先生方や、歌友の皆様に出会ったことは私の大きな喜びです。

この第一歌集は二〇一一年から二〇二三年までに作った歌から編みました。刊行にあたり米川千嘉子先生には細やかなご指導を頂きました。またご多忙の中、ご丁寧な解説文を書いていただきました。嬉しさでいっぱいです。心より御礼申し上げます。弥生野支部の影山美智子様にはいつも励ましていただいております。また支部の皆さまとは毎月の歌会で有意義で楽しい時間を過ごさせていただいております。いつも本当に有難うございます。そして朝日カルチャーで出会った友との小さな歌会「くるみ歌会」の仲間とは、歌を語り、歌に刺激されて楽しい時間を過ごしてきました。ありがとう。最後に「歌林の会」の馬場先生をはじめ編集委員の皆さま、選者の皆さまには毎月の「かりん誌」で大変お世話になっております。今後ともどうぞよろしくお願い申し上げます。

出版にあたりましては本阿弥書店の奥田洋子様と松島佳奈子様に大変お世話になりました。厚く御礼申し上げます。

令和五年が終わろうとする頃に

横山　越子

著者略歴

横山越子（よこやま　えつこ）

1949年　石川県能登島に生まれる
1961年　埼玉県和光市に移住
2010年　新宿朝日カルチャー「短歌入門」受講
2011年　「かりんの会」入会

現住所
〒359-1153　埼玉県所沢市上山口5003-14

かりん叢書第四三〇篇

歌集　笛吹《ふえふき》ぶどう園《えん》

二〇二四年三月三一日　発行

著　者　横山　越子
発行者　奥田　洋子
発行所　本阿弥《ほんあみ》書店
東京都千代田区神田猿楽町二―一―八
三恵ビル　〒一〇一―〇〇六四
電話　〇三（三二九四）七〇六八
印刷・製本　三和印刷（株）
定　価　二八六〇円（本体二六〇〇円）⑩

ISBN978-4-7768-1676-8 C0092(3392)